一ヶ月反抗期

～14歳の五行歌集～

水源 カエデ
Minamoto Kaede

目次

第1章　ほんとのはなし

幼少期の歌

フランクフルトが
ぱちって
いった
ぼくに
たべてほしいっていった

あのふみきり
ごきげんななめ
すぐ
かんかんって
なる

ぷしゅー
バスが
おおきな
いびきを
かいた

まーくん
いじわるばかりいう
きっとこころが
じゅうたい
しているんだ

ことばを
いうのは
かんたんだけど
かくのはむずかしいって
ふしぎだね

あ！
おなかいたいの
なおった
かみさまが
なおしてくれたんだ

なんか
ほんとの
はなしを
すると
おちつくね

第2章　終劇のセリフ

小学生の歌

遊ぶのは楽しい
勉強すると楽しくない
食べると幸せ
人それぞれの気持ち
いっぱい探すと面白い

かあちゃんはうるさい
とにかくうるさい
ひどいぞ
勉強勉強うるさい
遊びなさいとは言わないのに

お料理って楽しいな
ランリルン♪
タマネギじゅうじゅう
お肉もじゅうじゅう
みんなじゅうじゅう楽しそう

ロースかつをたのんだ
サラダやごはんがついてきた
でも
サラダをおかわりしても
ロースかつはついてこない

夏なのに
冷蔵庫には
何もない
という俳句を作った
友に笑われる

夏休み
どこいこう
考えてるうちに
どんどん過ぎていく
今年はヒキコモって終わりそう

学芸会で
ぼくのセリフは
1つしかないけど
ぼくが言うことで
劇は終わる

ありきたりな言葉
ありきたりな文章
でも本当にそれを思っているのであれば
それでもいいじゃん！
心の中でつぶやく

嫌なことはやりたくない
でも
みんながそう言うと
１つ１つダメになっていく
だから嫌でもやらなきゃいけない

人は人を簡単に助けない
知らない人、まわりにいた人
でも
友達、家族なら
困った時は助けてくれる

人の物を見ると
欲しくなる
でも
いざ買うと
なかなか使わない

人間は顔に文字がある
だから
表情で読まれてしまう
だから
僕は怒られる

第3章　からだ全体が楽しい

小学生の歌

友達は忙しい
僕は暇
でも、遊んでくれる
来年は会えなくなる
さようならを言いたくない

自分は忘れっぽいけど
1つだけ忘れられない
エピソードがある
『君の絵はピカソの絵だ』
図工の先生に言われた

笑顔って
大切だよね
苦しい日　不安な日でも
笑顔で過ごす
それって難しいの？

想像してみて
夕方のオレンジ色の空
広い公園の周りは緑の木
文字ってその場にいなくても
分かるから素敵だね

かなしいときは
心がいたむ
うれしいときは
なぜか
からだ全体が楽しい

春は美しく
残酷な季節
出会いもあれば
別れもある
今年は別れの春だった

入学して３週間
学年主任と
本気の喧嘩
放課後１時間の涙ながらの
忘れられない13歳の誕生日

第4章　一ヶ月反抗期

父から誕プレ何欲しい？
一ヶ月後に言い訳文付きの
メールが来た
前日に奥さんと買い物してたくせに
絶望と涙のパレード

父親を呪い殺した
頭の中で
今まで我慢してきた
言わなかった事も
すべて忘れてリセット

親が離婚する時
嫌だと言わなかった
それは父が
大嫌いだったから
この浮気者！

父の再婚相手と
子供の名前を
知ってしまった。
好きな映画にでてくる
名前だった

家に帰ってこないのは？
浮気していたから？
当時、6歳でよかった
これが14歳の今だったら
殺していたかも…

近所に住む父
再婚相手と
異母子には申し訳ないが
この街から出て行って
本音を言えない自分

絶対に許せない
と思っても
結局メールをしてしまう
僕がいる
これが家族なのかもしれない

メールの
返信をしてしまった
長いようで
短い
一ヶ月反抗期

第5章　僕のビッグな夢

お腹すいた
土曜日の部活は
母ちゃんが
怒ったときよりも
地獄なのだ

テストの点数が
どんなに悪くても
他の子よりも手伝いしなくても
笑顔は誰よりも
負けないから許して

中学校は楽しい
先輩もみんな優しい
一緒に踊ったとき
イジられる時もある
そんな毎日が楽しい

察してほしい感じで
めんどくさい友達を
持ってしまった
カマってほしい感じで
毎回、面倒なヤツと思う

自分の趣味の事は
タイムラプス
勉強になると
スローモーション
これが僕

人生はドキドキと
ワクワクだね
シクシクをいれなかった
この人は前向きなんだろう
人の性格は文章だけで分かる

昭和の熱血先生
怒ったら学校の
パイプ椅子を投げる
でも意外と
涙もろい先生

毎週土曜日に密かに
楽しみにしてる事
部活終わりに
演歌のワイドショーを見る事
これで日曜日を楽しく過ごせる

五行歌の歌集を
出したい
ビッグな夢を持った
でもこの夢は叶わない事
だとは思わない

過去最高傑作の
五行歌はどれ
それは永遠の謎
それだけいっぱい
作ってきたから

今年は楽しかった
友達と秋葉に池袋に
吉祥寺に新宿に立川
楽しい思い出をつくった
あとは恋かなぁー

我が家が一番好き
だけど学校にいる方が
長いというこの現実
休日も一日中いる事は
ほとんどない

第6章　友達が泣いたら

今年の春休み
誰とも遊ばず
部活と勉強
夜中までビデオを見て
今日も走って部活へ

がんばって
運動したのに
新宿でチョコパフェを
食べちゃったけど
幸せだからいい

ただいま
おかえりの後は
今日の夕飯、何？
分からない
この会話を毎日してる

野垂れ死ぬがいい
一回死んでこい
こんな事を言う
母だけど
料理の腕は確かである

行ってきますと
弁当を置いて
仕事に行く母
お笑いを見て
寂しいのを誤魔化す

公平な立場で
間に入っても
解決はできない
先生知らなかったの？
上から目線で上を見上げる

帰宅してから電話が鳴った
ミスがあるから
通知表を持って学校に来て
夏休み、スタート遅れた
始業式、遅れて行っていい？

人はおはようから
はじまって
おやすみで
終わる
これを死ぬまでずっと

バカとかシネとか
言われて傷つくほど
弱くない
ただ友達が泣いたら
一緒に泣いちゃう

怒るのが面倒だから
怒りを
貯めてしまうのです
沸点に達した時
誰にも止める事は出来ないのです

ＬＩＮＥの通知が
ゼロ
それはそれで寂しい
無性にメールが
したくなる

私の知ってるカエデは
そんな人じゃない
前のカエデになるまで
私はカエデと話さないから
今年、初めて泣いた時

いじめられても
傷つかないのは
キミと喧嘩してた方が
辛かったから
また、話せてよかった

もっと他のいい人が
いるのにナゼ？
こんなに相談を受けるの？
勉強も運動も苦手だけど
相談相手にはなれる

人には
言えない悩みも
僕には相談できるらしい
人だと思ってないの？
慌てるあなた

少し静かに
していただけで
大丈夫？って
心配される
普段そんなにうるさい？

電車を使わず
都内を歩き回る
帰宅中に大雨
誰か迎えに来るかな？
駅前で待つ

いや、男子に
可愛いねとか
何が目当て？
お金？　ハート？
嬉しいよ！　ありがとう

先輩おごってー
可愛く言ってもダメ！
お願い、優しい先輩
こいつ…
可愛さに勝てるものはない

異母弟（おとうと）の
子供服が誤送されてきた
我が家は
母、動揺を隠せない
僕は演歌と共に踊る

第7章　ホンネ

何かやれば体罰
少し泣かせればいじめ
やり返しちゃダメ
こんな甘いルールで
本当に良くなってるの？

国会議事堂前で
記念撮影をしていた
だけなのに
盗撮と勘違いされ
パトカーとまる

自転車泥棒と
間違えられる
戸惑いながら
急いでいるから
職質を素直に受ける

母子家庭だろうが
親が浮気しようが
嘘つかれようが
笑っているけど
心の中は大雨なのだ

親が離婚した
けど僕は関係ない
ただ
ひとりの親に
捨てられただけ

友達に
裏切られるより
親に
裏切られた方が
何億倍も悲しい

父のことで
どれだけ苦しんだか
誰にも相談できず泣いた夜
母に捨てられたら
終わりなんだよ

僕は
まだどこかで
自分の気持ちを
抑えている
これ以上は言えない

跋

草壁焰太

カエデ君は五行歌の申し子のような少年である。母親の水源純さんはずっと『五行歌』の編集の中心にいて、胎内にいたころから毎月三つ四つの五行歌の歌会に出ていた。胎教になるはずだと冗談も言っていた。

純さんは、毎日編集もしていたから、生まれてからも毎日五行歌のふんいきの中にいた。三、四歳の頃には歌会でも全国大会でも会場の中を走りまわっていた。そのうち、マイク係として走り、写真係として手伝ってくれたこともあった。

四歳くらいから歌も書き、ときにあっといわせることもあった。

なんか
ほんとの
はなしを
すると
おちつくね

は、五歳のときの歌である。祖母の三友伸子さんも二冊の歌集を持つ五行歌人であり、純さんも三冊の五行歌集を出している。曾祖父にあたる和田鎬壽（こうじゅ）さんも五行歌を書いていたから、実に四代にわたる五行歌人なのである。

こういう環境で育って、うたびととなるならば、その子はどういうふうに育つだろうか。すばらしい教育になるだろうと思う一方で、ほんとうに優れた五行歌人になるのか、人としてすばらしい育ち方をするのかと、多少不安はないではなかった。

結果は、予想外にすごかった。十四歳、まだ恋もしていない時期に歌集を出すという。

私は子どもらしく、自然な歌で十分いい歌集になると思っていたが、まとまった歌集の構成を見て、衝撃を受け、かつ、もはや人類の最大の問題と直面して苦しみ、それを五行歌として正面から表していることに驚いた。
これが、五行歌の中で育つということだったのか。

友達に
裏切られるより
親に
裏切られた方が
何億倍も悲しい

家に帰ってこないのは?
浮気していたから?
当時、6歳でよかった
これが14歳の今だったら
殺していたかも…

私はかねて人の最も望むのは、恋の自由であるが、これは人にとって最も大切な保育と教育の義務と衝突する。だから完全な自由はありえないという考えを持っていた。

この課題に対してどういう態度をするかによって、人は人格を計られる。

これはかなり自由に生きて来た私の問題でもあった。これはすべての人にとっての課題でもあるから、人々はそれぞれに回答を持っているだろう。

カエデ君は十四歳にして、自分の生々しい体験としてこの問題を提示した。そしてこれに答えるのはカエデ君自身であろうと私は思う。最近では似たような体験をした子どもは二〜三割はいるだろう。しかし、その体験はみな微妙に違っており、それに反応するその人自身の感性、考えも違っている。

その人がどう成長したかによって示すほかに方法がないのである。

そして、人類最大の課題に対して、自分が最もよい回答となることでこの問題は解決するに違いない。

私は、五行歌の中で育ったことが、正直で素直でものをごまかさない、こういうたびとを育てたと思いたい。五行歌は自分の意見を言い、それを人におしつけず、たがいの意見を敬意をもって聞くという歌会になっている。

小さな歌集だから、長い跋、重い問題を書くのはどうかと思っていた。しかし、少年が必死に問いかけていることに対して、軽い気持ちで書くことはできない。満腔の思いで、彼を応援していきたいと思う。

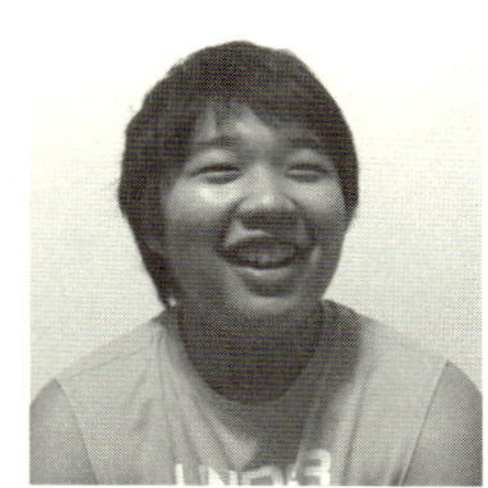

水源カエデ（みなもと かえで）

東京都在住。2003年4月生まれ。
幼い頃から歌会に連れられて五行歌に親しみ、4歳頃から書き始める。
現在、五行歌の会に所属し、月刊『五行歌』に作品を発表している。

https://twitter.com/Minamoto5Gyoka

そらまめ文庫

一ヶ月反抗期　14歳の五行歌集

2017年9月17日　初版第1刷発行

著　者　　水源カエデ
発行人　　三好清明
発行所　　株式会社 市井社

〒162-0843
東京都新宿区市谷田町3-19 川辺ビル1F
電話　03-3267-7601
http://5gyohka.com/shiseisha/

印刷所　　創栄図書印刷 株式会社
装　丁　　しづく
カバー写真　著者

ISBN978-4-88208-148-7

五行歌五則 ［平成二十年九月改定］

一、五行歌は、和歌と古代歌謡に基いて新たに創られた新形式の短詩である。

一、作品は五行からなる。例外として、四行、六行のものも稀に認める。

一、一行は一句を意味する。改行は言葉の区切り、または息の区切りで行う。

一、字数に制約は設けないが、作品に詩歌らしい感じをもたせること。

一、内容などには制約をもうけない。

五行歌とは

五行歌とは、五行で書く歌のことです。万葉集以前の日本人は、自由に歌を書いていました。その古代歌謡にならって、現代の言葉で同じように自由に書いたのが、五行歌です。五行にする理由は、古代でも約半数が五句構成だったためです。

この新形式は、約六十年前に、五行歌の会の主宰、草壁焰太が発想したもので、一九九四年に約三十人で会はスタートしました。五行歌は現代人の各個人の独立した感性、思いを表すのにぴったりの形式であり、誰にも書け、誰にも独自の表現を完成できるものです。

このため、年々会員数は増え、全国に百数十の支部があり、愛好者は五十万人にのぼります。

五行歌の会　http://5gyohka.com/
〒162-0843 東京都新宿区市谷田町三―一九
川辺ビル一階
電話　〇三（三二六七）七六〇七
ファクス　〇三（三二六七）七六九七